AF351494

Bologna 02 febbraio 2022

edito Una vita di stelle library

Group A.V. ITALIA S.R.L.

unavitadistelle@gmail.com

www.unavitadistelle.com

Bologna

FRAMMENTI, RICORDI E TEA

ALESSANDRA FAEDDA

A chi dimentica troppo spesso che il futuro è ... ORA.

PROLOGO

Stella ha raggiunto la sua amica Marta a Chicago. Non desiderava altro che mettersi alle spalle i suoi amori mancati, godersi lo shopping ed avere la certezza che stavolta Marta aveva fatto la scelta giusta. Erano amiche da sempre senza avere nulla in comune, nel modo di essere e di pensare. Erano confidenti sincere ma mai nessuna riusciva a dissuadere l'altra dal commettere errori. Sapevano tutto l'una dell'altra. Quello che non sapevano è ciò che sarebbe accaduto nello stesso momento a Kevin, l'ultimo amore di Marta, mentre lei fuggiva dall'Inghilterra.

FRAMMENTI, RICORDI E TEA

Quella mattina Kevin era in ferie.
Si stava godendo il meritato e sano riposo dopo una campagna vendite di successo, che lo avrebbe reso - forse - il nuovo giovane volto del marketing italiano all'estero. Aveva regolato la sveglia alle 10.00, tanto per avere la soddisfazione di poterla spegnere o gettare chissà dove e, comunque, non ce ne fu bisogno: alle otto il telefono squillò.
"Pronto, chi è?"
"Kevin, dobbiamo vederci subito, al solito bar."
"Amore, che succede?"
"Ti do mezz'ora. Ci vediamo lì."
Alle 10.27, con i capelli scossi dalle poche ore di sonno e il corpo intorpidito dal freddo di gennaio, Kevin era da "Romantica bar" - il suo preferito - e lei era già lì, seduta, con il caffè in mano e tailleur con spacco mozzafiato.

Lei… jeans e felpa anche la domenica … naturalmente bella anche senza trucco … quasi faticò a riconoscerla e gli scappò da ridere.

"Siediti, che fai fermo lì?"

"Scusa, sono rapito dalla tua bellezza. Allora? Ti sei vestita così per me? Oggi sono in ferie, lo sai?!"

"Senti Kevin, sai che non sono mai stata brava con le parole e le lettere non si usano più, parlarne al telefono sarebbe stato da vigliacca ma forse avrei dovuto fare così o mandarti dei WhatsApp a raffica con emoticon esplicativi… quelli funzionano sempre perché te li rileggi all'infinito e alla fine il senso o lo capisci o lo trovi, ci pensi, ti consulti con gli amici…"

"Marta, che mi devi dire?"

"Kevin, mi trasferisco a Chicago, con Mark Spencer, il mio capo redattore: mi sono innamorata di lui, e lui di me."

"Cosa?!Come? Quando è successo? Perché?!"

"Kevin … non so che dirti … è successo. Punto. Inutile convincersi ci sia un perché. Del resto, mi sembra che non siamo mai andati d'accordo fino in fondo, non trovi?"

"Ah no?! E chi va d'accordo? Forza, dimmelo! Credi che un rapporto vero sia dire sempre "si!"? Beh, io con te l'ho fatto e, come vedi, non è servito a niente. Vai dove ti pare, vai!"

"È arrivato il mio taxi. Addio."

E mentre si allontanava verso il taxi che l'avrebbe portata in aeroporto, la sua rabbia divenne tristezza, saltò in macchina e la seguì: doveva tentare il tutto per tutto. Il taxi era sempre in vantaggio ed il traffico non fu magnanimo con lui. Nell'area antistante ai Gate stentò a trovarla. Vide i suoi capelli confondersi tra la folla, ma fu un attimo, soltanto un attimo… e sparì. Si appoggiò ad una colonna, per riprendere fiato.

"Se n'è andata, non credo tornerà."

Kevin iniziò a guardarsi intorno. Chi aveva parlato? Stava già diventando pazzo?

Poi i suoi occhi incontrarono lo sguardo di una ragazza seduta in terra accanto a lui.

"Se n'è andata, non tornerà."

"Chi?"

"Lei, la ragazza dai capelli rossi che cercavi con affanno."

"E tu cosa ne sai di lei?"

"Vengo in aeroporto tutti i giorni, la vedo spesso qui."

"E cosa fa?"

"Si incontra con un uomo di mezza età dai capelli brizzolati, sempre allo stesso bar. Gli sorride, lo bacia, lo abbraccia e bevono un caffè. Poi lui la rimprovera, lei si arrabbia, prende la borsetta e se ne va!"

"Mhmm, ha un senso. Toglimi una curiosità … perché ti fai gli affari suoi?"

"Non lo so. Io in realtà mi faccio gli affari miei. Semplicemente passo tanto tempo qui e ricordo le persone che passano più volte."

"Ti va qualcosa da bere?"

"No, grazie."

“Ok, allora ciao. E grazie a te.”

“Ciao.”

Mentre si incamminava a passo ciondolante verso la sua auto parcheggiata male in doppia fila, gli venne in mente di non aver chiesto alla ragazza neanche il suo nome. Il suo rapporto con Marta era appena finito eppure nella sua testa e nel suo cuore già risuonavano nuove emozioni. Mai avrebbe immaginato che a confermargli il tradimento della donna che avrebbe voluto o dovuto sposare sarebbe stata una sconosciuta.

E così, tornò indietro. Lei era ancora lì, a gambe incrociate sul pavimento. Si guardava intorno, con la fronte aggrottata. Decise di sedere a terra anche lui. Ed iniziò a parlarle, con grande spontaneità.

“Come ti chiami?”

“Alina. E tu?”

“Kevin.”

“Piacere Kevin.”

“Piacere mio! Posso farti una domanda?”

“Vuoi sapere che ci faccio qui?”

“N….no…cioè …sì…se hai bisogno di qualc…”

“Non sono una viandante né vengo dall’Est e ho un tetto sotto cui dormire, se è questo che vuoi sapere:”

“E allora, chi stai cercando?”

“Perché pensi che io stia cercando qualcuno?”

“Beh, ti guardi intorno…non saprei … scusa, sono stato inopportuno.”

“Figurati, sono io che sono stata inopportuna con te. Purtroppo, non so cosa o chi sto cercando.”

“Che vuoi dire?”

"Tempo fa sono, credo, caduta malamente. Sono stata in coma per due mesi, quando mi sono risvegliata non ricordavo quasi nulla della mia vita prima di allora. E ancora oggi, a distanza di quasi un anno, ricordo poco. Mi scorrono davanti delle immagini confuse, dei frammenti, che non riesco a mettere insieme."

"E non c'è rimedio? Perché vieni qui? Lavoravi qui?"

"Te lo ripeto, non lo so. L'infermiera che mi ha assistita durante il coma mi ha detto di venire qui. E di tornarci finché non troverò la risposta."

"E se ti avesse presa in giro?"

"Seguo l'istinto e credo di no."

"Perché non torni da quell'infermiera? Potrebbe saperne di più."

"Ci ho provato. Non lavora lì. Per ragioni di privacy non possono dirmi dove sia stata trasferita."

"L'hai cercata sui social?"

"Oh sì, nulla."

La curiosità di Kevin aumentava sempre più, doveva sapere. Lui, un pubblicitario sulla cresta dell'onda abituato a dare una mano al Distretto di quartiere con gli identikit grazie alla sua capacità di ritrarre volti, si sentiva attratto da Alina e dalla sua storia, forse perché nella sua relazione appena finita non si era mai dovuto scontrare con problemi più gravi della scelta del vestito adatto per la cena di fine anno con il senatore.

Senza pensarci su la invitò a cena a casa sua e lei accettò. Per convincerla però, le promise che non l'avrebbe annoiata con la sua storia d'amore appena naufragata.

L'appartamento di Kevin era piccolo e accogliente, pieno di dischi e strumenti musicali. Somigliava ad un museo. Non appena Alina entrò in salone, il suo sguardo fu catturato dallo Zimmermann a muro color mogano.

"Che bel pianoforte! Deve essere degli anni 40!"

"Non so di che anno sia ma, per quel che ne so, è resistito alla guerra."

"Di chi era?"

"Non ho mai conosciuto la persona che me lo ha dato. Un bel giorno me lo sono visto arrivare qui. Non ho neanche dovuto pagare il trasporto. Il biglietto che lo accompagnava diceva: So che lo desideravi. Abbine cura come ne ho avuta io."

"Non ti è mai venuta voglia di andare alla ricerca del tuo benefattore?"

"Si, certo. Ma non avrei saputo da dove iniziare. E poi credo che chi me lo abbia dato volesse così, che rimanessimo estranei."

"Hai ragione. Mi suoni qualcosa?"

"Se insisti…mi viene in mente…dovrebbe fare più o meno così…"

"Giorni dispari. Einaudi. Elementare. Tutti i "la" devi suonarli in bemolle, riprendi dalla seconda battuta."

"Suoni il pianoforte anche tu!?"

"Sono diplomata al conservatorio. Questo lo ricordo."

"Insegni?"

"No."

"Lo suoni ancora?"

"No."

Kevin non credeva possibile che la passione per la musica potesse finire così, senza un perché. La costrinse a suonare e le fece venire il dubbio che nella parte di memoria che aveva perso ci fosse la risposta all'abbandono di una carriera da concertista o di un impiego da insegnante. Suonava con una grazia così rara che chiunque ne sarebbe rimasto incantato. Spingeva adagio sui tasti e sorrideva. Chiudeva gli occhi e inventava, senza che ci fosse nota fuori armonia.

Poi la magia si spezzò. Le iniziò a girare la testa, si innervosì, si mise in fretta il cappotto e corse via.

Il giorno dopo Kevin, accampando una scusa in ufficio, prolungò la sua assenza e tornò in aeroporto, alla stessa ora del giorno prima. Sapeva di trovarla lì. Ancora una volta si sedette accanto a lei.

"Ciao Alina. Perché ieri sera sei andata via così?"

"Ciao Kevin. Ti chiedo scusa. Non so dirti cosa mi sia preso. So solo che le mie mani hanno iniziato a tremare e la mia testa a girare e ho visto… ho visto…"

"Che cosa hai visto?"

"Una figura, di donna…credo…un volto sfigurato … e rideva, rideva, rideva…"

"Non saresti dovuta andare via così, avresti dovuto dirmelo."

"Te lo ripeto, non so cosa mi è preso…"

Ed iniziò a piangere, singhiozzando un po'.

"Alina, che c'è?"

"Kevin, sono OTTO mesi che passo i pomeriggi qui seduta e neanche un ricordo nitido, neanche un frammento del puzzle della mia vita prima dell'incidente è tornato al posto giusto."

"Ti va un tea?"

Fece "sì" con la testa, lui l'aiutò a rialzarsi da terra e, sottobraccio, lo seguì.

La portò in uno spazio caldo ed accogliente, appena fuori dall'aeroporto. Nessuna sedia, solo cuscini colorati e pareti color miele. Lei non lo aveva mai notato. Ordinarono un tea nero ed uno al lampone, accompagnati da due fette di crostata di more, biscotti allo zenzero e quattro diverse varietà di zucchero, ognuna di un diverso colore e aroma. A ciascuna combinazione corrispondeva un'emozione. Blu lavanda, la calma; Giallo limone, la gioia; Verde rosmarino, la serenità, Rosso pungitopo, la rabbia. Kevin, scelse per Alina un Blu, credendo nel potere del gusto.

Rimasero a lungo in silenzio, bevendo e guardandosi negli occhi, di tanto in tanto.

Poi iniziò a diffondersi nell'aria un dolce profumo di magnolia e Alina ruppe il silenzio.

"Kevin, perché fai tutto questo per me? In fondo non mi conosci affatto, potrei essere un'approfittatrice, una che crea grane, che magari non sa come passare il tempo e cerca qualcuno a cui spillare dei soldi …"

"Alina, se sono qui, con te, ora, è perché voglio che tu approfitti di me. E poi, non mi sembri affatto un'inventastorie. Se poi dovessi sbagliarmi…sappi che in ventiquattro ore la tua faccia sarà sbattuta in prima pagina."

"Sei un giornalista?"

"No, sono un pubblicitario per cui ho molti amici all'interno di redazioni giornalistiche più o meno note."

"Ah ... per cui sto rischiando che tutto quello che ti ho detto diventi un articolo di giornale con tanto di vignetta...magari lo vai a raccontare a qualche amico scrittore da strapazzo..."

"Ti dispiacerebbe? In fondo, se venisse pubblicata, la tua storia con la tua fotografia, potrebbe servire a qualcosa."

"A cosa?"

"Alina, ma non capisci? Qualcuno che lavorava con te prima dell'incidente potrebbe riconoscerti, potrebbe sapere qualcosa che ti aiuti a far luce su quei dannatissimi anni, mesi, giorni di cui non ricordi nulla."

"Se qualcuno avesse saputo qualcosa me lo sarebbe già venuto a dire, non credi?"

"Ma tu, chi conosci qui?"

"Nessuno, o meglio, non mi sembra di conoscere nessuno tra quelli che mi salutano."

"Fammi capire: tu non ricevi mai telefonate, non parli con nessuno, nessuno ti cerca... e la tua famiglia?"

Alina chinò la testa prima di rispondere. Poi rispose, infastidita: "Sono orfana di padre da molti anni. Mia madre non la ricordo, so che mi ha abbandonata pochi mesi dopo la nascita per inseguire il sogno di diventare attrice di fama mondiale. Mio padre mi ha cresciuta con amore ma con fatica. Non ho fratelli o sorelle. Mio padre e mia madre non avevano fratelli o sorelle. I nonni non li ho mai conosciuti perché i miei genitori non me lo hanno permesso…e tutto questo lo so perché l'ho scritto in un diario adolescenziale conservato in casa mia … è abbastanza esaustiva per te come risposta?"

"Alina, mi dispiace, forse sto esagerando con le domande. Hai ragione tu: in fondo, ci conosciamo appena."

"Kevin, ascolta. Io sono molto provata da questa situazione, mi sento persa, assente, la testa mi gira in continuazione e ho gli incubi, di notte e di giorno. Se continui a riempirmi di domande a cui non so dare risposta, finirò con l'impazzire. Ho bisogno di restare serena e ricominciare daccapo; i ricordi, un giorno, forse, torneranno."

"Ok, ok, hai ragione tu. Però non voglio smettere di vederti. Mi piaci:"

"Kevin, ma come posso piacerti se neanche io so chi sono?"

"Sei forte e dolce, suoni il piano in un modo che farebbe invidia al più grande dei compositori del nostro tempo e poi…sei bellissima…davvero…"

"Dai, riaccompagnami a casa."

E così, mentre il locale si riempiva, il profumo di magnolia si diffondeva nell'aria e una danzatrice del ventre, coperta di veli dai colori tenui, iniziava a muoversi sinuosa tra i tavoli, se ne andarono. Kevin la portò a casa e, nel vederla scendere dall'auto, riuscì a dirle soltanto: "Cercami." E nel farlo, frettolosamente le scrisse il suo numero di telefono su un fazzoletto. Lei rispose con un sorriso, che tradiva però tanta tristezza.

Alina abitava in un palazzo che, almeno a giudicare dalla facciata esterna, le somigliava: mattoni color ruggine, sobrio, bello nella sua semplicità.

Kevin si chiese se Alina lo avrebbe mai chiamato e se un giorno lo avrebbe invitato a salire.

Il mattino dopo Kevin riprese il suo frenetico lavoro di giovane pubblicitario in carriera ma non riuscì a farsi venire nessuna buona idea per sponsorizzare una nuova birra tedesca al retrogusto di fragola, lampone o vaniglia a seconda della varietà e Alina, di nuovo sola, notando sul suo volto troppi segni di stanchezza, disse a sé stessa che sarebbe dovuta andare a cercare un lavoro da cui ripartire per ricostruirsi una vita e non pensare. Si segnò tutti gli indirizzi delle scuole di musica presenti in città e, saltando su e giù dalla metropolitana e dagli ultimi tram rimasti in circolazione, bussò a tutte le porte, piena di speranze. La giornata passò in fretta. Alle sette, appena dopo il tramonto, ricevette la chiamata che aspettava. E, quasi dimenticando la malinconia della sera precedente, le venne naturale andare direttamente a bussare alla porta di Kevin, sperando di trovarlo in casa. Non le venne neanche in mente di chiamarlo, tanta era l'euforia che le pervadeva il corpo in quel momento.

"Kevin! Kevin! Ce l'ho fatta! Ho un lavoro!"

E senza quasi accorgersene gli mise le mani al collo e lo baciò.

Kevin si lasciò cullare da quel bacio inaspettato. La prese in braccio e sprofondarono sul divano, con un'intimità e una complicità che lui non ricordava di aver mai raggiunto neanche con Marta, nonostante i sei anni di rapporto.

Alina gli raccontò tutto d'un fiato della fortuna che aveva avuto a capitare in una scuola di musica piuttosto nota, la Parmouth, che aveva appena perso una delle sue migliori insegnanti. Le avrebbero preparato subito un contratto, avrebbe avuto tre allievi e se avesse voluto avrebbe anche potuto accoglierne altri.

Kevin arrestò quel fiume in piena tirandola di nuovo a sé.

Le iniziò a passare una mano tra i lunghi capelli lisci e, perdendosi nel suo sguardo pieno di gioia, le disse: "Sei proprio una chiacchierona, quando vuoi … ma la tua voce ha un suono meraviglioso. E quando ridi la tua bellezza è disarmante."

Alina, cullata da quelle parole, chiuse e gli occhi e, adagiatasi sulle gambe di Kevin sul divano, lentamente, si addormentò. Kevin la portò in braccio a letto, si sdraiò accanto a lei e, abbracciandola, chiuse gli occhi anche lui.

Ci mise un po' a prendere sonno. In quel momento gli sembrava di aver aspettato Alina da sempre. Talmente perfetta, nelle sue forme e nelle sue fragilità, da sembrare irreale.

Quando il mattino seguente Alina si svegliò, Kevin era già in cucina a prepararle una colazione da regina. Pancake con sciroppo d'acero, cornetti alla crema, uova strapazzate al bacon, spremuta d'arancia, caffè con panna. Mangiò tutto, soffiandogli in faccia lo zucchero a velo del cornetto e ridendo di gusto delle facce di lui. E tutto d'un fiato bevve la sua spremuta e il suo caffè, giocando con la panna. Kevin adorava questo suo nuovo lato, giocoso ed infantile, in pieno contrasto con quanto di sé aveva mostrato fino a quel momento.

Mentre con le dita cercava i rimasugli di zucchero nel piatto, lo sguardo di Alina venne catturato da una delle foto che Kevin aveva appese alla parete.

"Kevin, chi è la ragazza che abbracci in quella foto?"

"Quale foto?"

"Quella foto!"

"Sono foto vecchie."

"Si vede, ma chi è?"

"Non ha importanza. Mi vado a vestire."

Kevin evase la domanda ed Alina cambiò improvvisamente umore. Raccolse i suoi indumenti, sparsi tra il soggiorno e la camera da letto, si vestì, aspettò che anche Kevin fosse pronto ed uscirono insieme. In ascensore non si dissero una parola. Si salutarono ed ognuno prese la propria strada per il lavoro.

Mentre camminava verso la scuola di musica, Alina si sentiva terribilmente confusa. Aveva trascorso una notte bellissima con Kevin, che l'aveva ascoltata e riempita di attenzioni come mai nessuno aveva saputo fare; eppure, era bastato un niente per renderla insicura. Doveva ragionarci su. Ma lo avrebbe fatto al termine della giornata. Ora doveva mettere tutta sé stessa nella ripresa del contatto con la musica.

Il primo giorno di lavoro fu un successo. I suoi allievi erano entusiasti e lei aveva la sensazione di aver sempre insegnato. Se però lo avesse davvero fatto in passato, ancora non lo ricordava.

Verso le cinque Kevin la chiamò.

"Com'è andata?"

"Bene, anzi benissimo. Pensavo che sarei stata arrugginita invece…"

"…invece ricordavi tutto … non avevo dubbi."

"Troppo buono."

"Ti va un cinema stasera?"

"Si, mi va. Mi passi a prendere alle otto?"

"Si, bellissima. A dopo."

"A dopo, bellissimo. Ciao."

Non appena chiuse la telefonata, ad Alina tornò in mente la foto e disse a sé stessa che non conosceva Kevin abbastanza da poter pretendere di sapere tutto e subito. Avrebbe dovuto avere con lui la stressa pazienza che lui stava portando verso i suoi ricordi perduti.

Quella sera si divertirono molto insieme. Del film videro soltanto poche scene perché non riuscivano a resistere all'impulso di baciarsi nascondendosi tra le comode poltrone blu del cinema.

Durante l'intervallo, quando accesero le luci, Kevin ebbe un sussulto.

Seduto, qualche fila più avanti, c'era il suo capo. A quel punto svelò ad Alina che quella sera avrebbe dovuto partecipare ad una cena di lavoro e che la cena era saltata per la sua assenza.

"Tu sei veramente un pazzo!"

"Si, pazzo di te!"

E tornarono a baciarsi, senza accorgersi che nel frattempo la pellicola aveva ripreso a girare. All'uscita dal cinema, decisero che avrebbero dovuto scaricare quel film, prima o poi, per rispetto al cast, che era degno di nota.

Entrarono poi in una tea room lì vicino e si scaldarono con un tea caldo agli agrumi servito insieme a due fette di torta di mele.

Non riuscivano a smettere di ridere. Tornando a casa, iniziarono a farsi il solletico in macchina. Lui riusciva a tenere a fatica il volante e così fecero fuori un'aiuola pubblica. Si guardarono intorno per paura di trovarsi un infuriato vigilante col manganello a bacchettarli per il danno ai fiori. Scesero poi dall'auto per verificare eventuali danni alla carrozzeria. Tutto a posto. Rimisero in moto. Arrivati a casa, si spogliarono velocemente ed iniziarono a fare l'amore dappertutto finché, esausti, si addormentarono sul tappeto in soggiorno, coperti solo da un plaid.

La settimana di lavoro ed il weekend passarono in fretta, come sempre accade quando si sta particolarmente bene con qualcuno.

Trascorsero il sabato al lago, pedalando e remando da una sponda all'altra, e la domenica sotto il piumone, alzandosi di tanto in tanto per mangiucchiare qualcosa.

Erano entrambi molto golosi; lui di dolce, lei di salato. Amavano entrambi la musica e la fotografia ed in ogni momento vissuto insieme sembrava si fermasse il tempo, come in un'istantanea.

Alina non dimenticava quanto fosse importante per lei recuperare il suo passato però sentiva talmente tanta gioia nel cuore da farle credere che in quel momento il suo passato poteva aspettare di fronte ad un bellissimo presente.

Kevin, dopo qualche mese, le chiese di andare a vivere insieme. Alina si affrettò a fare i bagagli e ad affittare quella piccola casa in cui non ricordava più come avesse vissuto prima dell'incidente e che aveva stimato così poco dopo l'incidente, preferendole il pavimento lucido ma sporco dell'aeroporto.

Kevin la amava ed amava stupirla. Fu così che un giorno, rientrando a casa in anticipo per via di una lezione saltata, lo trovò a ridipingere le pareti.

"Kevin, che stai facendo?"

"Amo questa casa ma è sempre stata piena di tante cose tranne i colori."

"Dai, ti dò una mano. E poi non mi hai neanche chiesto se questo color verde salvia mi sarebbe piaciuto."

"E ti piace?"

"Per fortuna, sì."

E così, si improvvisarono un po' imbianchini e un po' pittori e si misero a fare a gara a chi dipingesse nel minor tempo possibile.

Nel rimettere tutti gli oggetti al loro posto, Alina si trovò tra le mani quella fotografia che tanto l'aveva fatta soffrire agli inizi della storia con Kevin.

Gliela passò sorridendo, lui le fece una carezza e le disse: "Questa, no".

Lei fu tentata dal chiedergli nuovamente chi fosse ma non lo fece. Sapeva in cuor suo che lui glielo avrebbe detto spontaneamente quando ne avrebbe avuto voglia.

Qualche giorno dopo, Alina chiese a Kevin di accompagnarla a cercare qualche nuovo spartito da proporre ai suoi allievi e gli parlò in particolare di un ragazzo molto timido che quando suonava si trasformava in una vera tigre da palcoscenico. Un talento innato, nascosto sotto una coltre di riservatezza dovuta alla sua particolare situazione familiare. I suoi genitori si erano separati anni prima dopo un furibondo litigio avvenuto davanti ai suoi occhi e durante il quale più volte la madre aveva ripetuto al padre che sarebbe stato meglio non averlo avuto questo figlio se avesse saputo che avrebbe ostacolato la sua carriera.

Alina sentiva una forte empatia per questo ragazzo perché, in fondo era solo, come lei, senza una famiglia. Sì, lei ora aveva Kevin ma sarebbe stato sufficiente a colmare tutti i vuoti che sentiva dentro?

Kevin, nell'ascoltare Alina, ebbe un'intuizione per la campagna pubblicitaria della birra tedesca che ancora aveva sul tuo tavolo come priorità.

"Alina, puoi presentarmi il ragazzo?"

"Perché? Vuoi riempire di domande anche lui come hai fatto con me quando ci siamo conosciuti?

"No, no stai tranquilla. Vorrei proporgli di diventare il protagonista della nuova campagna pubblicitaria sai … la birra tedesca …"

"Si certo, la birra che ti ha messo di fronte al fatto che anche il migliore a volte resta senza buone idee!"

"Non fa ridere Alina … dai … dico sul serio."

"Va bene ok, la prossima lezione è giovedì alle 16. Ma non forzarlo a fare nulla che non voglia."

“Promesso, parola di un uomo d’affari.”

Giovedì alle 16.10, con un breve ritardo accademico, Kevin si presentò alla scuola dove insegnava Alina. Non si fece notare subito perché non l’aveva mai vista in quelle vesti e aveva voglia di scoprirla nel suo mondo.

Alina era concentrata e decisa e non si accorse in effetti subito di lui. Quando lo vide, dietro il vetro che lo separava dalla classe, gli sorrise e gli fece cenno di entrare.

“Ciao Kevin, ben arrivato! Ti presento Luca.”

“Ciao Luca, piacere di conoscerti. Alina mi ha riferito che hai molto talento…”

“Grazie ma …davvero … Alina esagera … Piacere mio, comunque.”

"Non so se Alina ti abbia già spiegato il motivo della mia visita. Io sono Kevin e ho avuto il piacere poche settimane fa di imbattermi in questa splendida donna..."

"Kevin! Vai al punto! Non abbiamo tempo da perdere qui, c'è un saggio da preparare..."

"dicevo... una splendida donna di nome Alina... La migliore insegnante di pianoforte dell'intero universo..."

"... Certo... Sono l'unica che conosci!"

"Ok ok, voi musicisti non siete simpatici come volete far credere ... Io sono l'uomo marketing pubblicitario della Branson and Co., lavoriamo con clienti provenienti da ogni parte d'Europa. Ci è stata affidata la campagna di lancio di una nuova birra tedesca di gradazione media, in tre varianti di gusto. Il target a cui ci rivolgiamo sono i giovani dai 18 ai 30 anni. Vorrei accettassi di essere tu il nostro protagonista. Sei perfetto per età e nell'aspetto!"

"Oh… beh sono lusingato ma non credo di essere adatto. Sono piuttosto taciturno, farei fatica a parlare di fronte ad una telecamera puntata su di me."

"Se è questo che ti preoccupa è un non problema. Lo spot non ha parole, solo musica. Ti spiego la situazione. Il protagonista, tu, sei seduto al pianoforte senza ispirazione. Dalla finestra senti all'improvviso dei rumori misti a suoni. Ti alzi, ti affacci alla finestra e vedi un gruppo di tre artisti di strada, felici al termine di una loro esibizione che brindano con tre bottiglie di birra, simili ma di diverso colore. Si accorgono di te e ti fanno cenno di scendere per unirti a loro. Tu scendi, ti presenti stringendo loro la mano e bevi un sorso della birra che ti offrono. Mentre bevi, chiudi gli occhi e ti ritrovi davanti al tuo piano.

Mentre suoni la tua immagine si fa sempre più sfuocata e lontana ed in sovraimpressione compare lo slogan - Bier Note, ogni sorso è una melodia. Tradizionale, come un valzer; spumeggiante come uno swing; delicata, come un minuetto."

"Che ne pensi?"

"Mia madre era attrice... Sarebbe orgogliosa di me."

"Anche la mia! O meglio, so che avrebbe voluto fare l'attrice ..."

Alina diede quella risposta di getto, e subito si incupì, come sempre accadeva ogni volta che si affacciava il ricordo della madre, un ricordo di abbandono e di dolore. Nella stanza calò il silenzio.

Luca abbassò la testa. Era evidente che il ricordo della madre provocasse emozioni negative anche in lui. Ne aveva parlato al passato. Eppure, nell'aver accennato alla separazione dei suoi genitori e al litigio che la provocò, Luca non aveva esplicitamente detto ad Alina e Kevin che la sua mamma fosse oggi un angelo.

Alina, dal canto suo, guardava Luca incapace di confortarlo, turbata. Sentiva verso Luca un affetto particolare, che non somigliava né all'amicizia né tantomeno all'amore in senso classico che sentiva nutrire invece per Kevin ogni giorno di più.

E proprio Kevin cercò di alleggerire l'atmosfera distraendo entrambi dai loro pensieri.

"Allora Luca, che ne pensi? Potremmo girare già domani."

Luca annuì. Accettò la proposta alla condizione che non avrebbe realmente parlato.

Alina congedò Kevin per riprendere la lezione e lui e Luca si diedero appuntamento il giorno successivo alle dieci negli studi televisivi interni alla torre del suo ufficio, dove avrebbero allestito il set.

Quella sera, quando Alina rientrò, Kevin non le chiese nulla su come si era sentita nel ricordare la madre che avrebbe potuto avere ma che aveva scelto di rifiutarla.

Il giorno dopo, Luca fu una sorpresa per tutti. Le sue espressioni erano naturali ed intense allo stesso tempo. Non aveva bisogno di farsi dare istruzioni più di una volta. Sembrava quasi che su un set ci fosse cresciuto.

Kevin gli si avvicinò per stringergli la mano e congratularsi con lui. Erano bastate un paio d'ore per realizzare un girato sufficiente ai montatori per confezionare lo spot. Non restava che incrociare le dita che presso il committente, Hans Rier, proprietario del birrificio Note, la pubblicità avrebbe riscosso lo stesso consenso della sua troupe.

"Hei Luca, dì la verità. Sei già stato su un set prima, vero?"

"Sì, ma lo avevo rimosso. In effetti, quando ero molto piccolo qualche volta mia madre mi ha portato con sé. Poi … non più."

"Perdonami Luca, non volevo riportarti alla mente tua madre anche oggi. Devi scusarmi, a volte non penso prima di parlare."

"Oh, beh non fa niente. Mia madre non c'è più e devo imparare a convivere con la sua assenza … prima o poi."

E nel dire queste parole, Luca fece un passo falso in un cavo e cadde a terra.

Subito, Kevin, gli attrezzisti e i montatori gli fecero cerchio intorno.

"Luca, ti sei fatto male? Senti dolore da qualche parte?"

"Si, alla caviglia. Credo si tratti di una distorsione."

Kevin chiamò uno dei colleghi del primo soccorso, che subito mise del ghiaccio sintetico sulla caviglia di Luca per dargli sollievo, anestetizzando così un po' il dolore.

Non appena Luca si sentì meglio, Kevin si offrì di accompagnarlo a casa in auto.

Durante il tragitto però il dolore si intensificò nuovamente e così i due fecero una deviazione per il pronto soccorso.

Durante l'accettazione, mentre Luca forniva i suoi dati all'operatore, Kevin avvisò Alina, che li avrebbe raggiunti di lì a breve in taxi.

Kevin era da sempre una persona vigile e curiosa e, nonostante fosse al cellulare, non poté fare a meno di notare, nel momento in cui avevano tolto il calzino a Luca per verificare il livello della distorsione o l'eventuale presenza di frattura, che aveva un tatuaggio, nello stesso punto in cui lo aveva Alina. Era però troppo distante per riuscire a vedere cosa rappresentasse.

Quando Alina arrivò nell'atrio, Luca era in radiologia. Lei e Kevin si abbracciarono e si sedettero ad aspettare, cercando conforto nel caffè bruciato del distributore automatico.

Dopo un paio d'ore videro tornare Luca con un gesso. Era stata accertata la frattura. Per tre settimane quel gesso gli avrebbe fatto compagnia.

Kevin si sentiva mortificato ma Luca lo rassicurò assegnando il 100% della colpa alla sua sbadataggine, che fin da bambino lo aveva messo a rischio più volte.
Alina d'istinto propose a Luca di trasferirsi da loro per tutto il periodo della convalescenza e Kevin fu d'accordo.
In questo modo non avrebbe neanche perso le lezioni di pianoforte; avrebbe potuto usare lo Zimmermann, dal suono certo e deciso.
Fu un periodo molto felice per tutti e tre. Luca era un ragazzo gentile, con grande capacità di adattamento. E un buon cuoco. Passavano le serate a suonare e cantare come un vecchio trio di amici che si ritrovano al bar dopo anni di lontananza.

Kevin notò che la presenza di Luca rendeva Alina molto serena ed improvvisamente si ricordò del tatuaggio che non aveva fatto in tempo a vedere.
Sentiva che c'erano troppe coincidenze … Alina e Luca suonavano entrambi il pianoforte, avevano avuto entrambi una madre attrice, avevano un tatuaggio nello stesso punto …
Alina interruppe il flusso dei pensieri di Kevin chiedendogli se volesse ancora un bicchiere di vino, che accettò.
Quella stessa sera Alina ricevette una chiamata dal suo inquilino che la avvisava che avrebbe di lì a breve dovuto abbandonare l'appartamento per un improvviso trasferimento lavorativo all'estero.

Il giorno successivo, mentre Alina si dedicava alla chiusura del contratto di affitto e a cercare tra i suoi amici un tuttofare per aiutarla nella sistemazione dell'appartamento prima di iniziare la ricerca di un nuovo inquilino, Kevin accompagnò Luca a togliere il gesso. E fu quel giorno che ebbe una conferma: il tatuaggio era identico a quello di Alina.

Un acchiappasogni nero piuttosto decorato con tre piume.

Nel riportare Luca a casa, Kevin cercò di mettersi in modalità "investigatore" provando ad evitare di essere petulante o morboso.

"Luca, come va il piede? Riesci a muoverlo bene?"

"Si, riesco a muoverlo. Strana sensazione di libertà."

"Non ho potuto fare a meno di notare che hai un bellissimo tatuaggio sulla caviglia. Ha un significato particolare?"

"Ah, quello … un'idea di mia madre. Mi ha portato a forza dal suo tatuatore di fiducia all'età di dieci anni. Ci teneva che ne avessi uno identico al suo. Diceva che l'acchiappasogni garantisce fortuna alla persona che lo porta sempre con sé e che aiuta a realizzare i sogni. Io ricordo solo un dolore boia, ero troppo piccolo per sopportare quegli aghi."

Kevin rimase esterrefatto a quella rivelazione. Anche se Alina era solita andare su tutte le furie ogni volta che provava ad aiutarla nella ricostruzione del passato, avrebbe dovuto sapere …. che Luca aveva un tatuaggio identico al suo … che il tatuaggio di Luca era identico a quello di sua madre …

Quel pomeriggio stesso si ritrovarono tutti e tre a bere un tea alla rosa canina accompagnato da piccole cheesecake alle amarene e Kevin decise di affrontare l'argomento, consapevole che la piacevole atmosfera sarebbe potuta andare in frantumi.

"Alina, sai che Luca ha uno splendido tatuaggio come il tuo sulla caviglia?"

"No, non lo sapevo. Su quale caviglia?"

"La destra, quella fratturata e ora come nuova."

"Io a sinistra."

"Alina, Luca, credo dovreste mostrare reciprocamente l'uno all'altra le vostre caviglie. Vi prego."

E così, per gioco, senza dare troppo peso alla richiesta di Kevin, lasciarono entrambi le loro caviglie scoperte.

Fu Alina a parlare per prima.

"Ma … sono identici! Che coincidenza."

Luca replicò che non se lo sarebbe mai aspettato di trovare il suo stesso tatuaggio nella sua insegnante di pianoforte e ci scherzò su: "Sono davvero identici. Si potrebbe pensare che siamo una coppia, amanti …"

Scoppiarono in una fragorosa risata, poi si rivestirono e ripresero a sorseggiare il loro tea.

Kevin ardeva dalla voglia di saperne di più e questa volta non avrebbe mollato la presa. Non riusciva ad accettare che Alina si accontentasse di vivere il presente senza ricomporre il puzzle. E così prese la parola.

"Alina sai che non ti ho mai chiesto cosa rappresenta per te quel tatuaggio?"

"Beh, in realtà poco o niente. È stato mio padre a costringermi a tatuarmi in quel punto quando avevo solo dieci anni. Mi disse che mi avrebbe portato fortuna."

A quella risposta Luca ebbe un sussulto e raccontò ad Alina quanto aveva detto già a Kevin. Entrambi con un tatuaggio, non per loro volontà, all'età di dieci anni.

Calò il silenzio nella sala da tea e Kevin propose loro di rientrare tutti e tre insieme a casa per continuare la conversazione.

Durante il tragitto nessuno parlò, ognuno assorto nei propri pensieri e congetture.

Arrivati a casa, Kevin chiese nuovamente ai due di scoprire i loro tatuaggi e si mise velocemente a cercare qualcosa nella cassetta degli attrezzi sotto il lavello.

Ne estrasse una lente di ingrandimento e si mise ad osservare i due disegni nei loro dettagli.

"Wow ... non è così inusuale che i segni sulla pelle nascondano dei segreti ... guardate voi stessi ..."

Passò la lente prima a Luca, chiedendogli di osservare quello di Alina.

Luca sgranò gli occhi, guardò Alina intensamente e le passò la lente.

Alina ci mise qualche secondo a capire cosa dovesse cercare ma poi vide delle lettere nascoste nella trama del cerchio esterno dell'acchiappasogni ...

"L ... u ... c ... a ... Luca?! Ma ... cosa significa? Luca che lettere nasconde il tuo?

"Leggi tu stessa."

"A ... l ...i...n ... a ... Io ... io ... non capisco ... Luca, ma tu chi sei?"

"Io non ne so nulla quanto te, lo giuro. Non ho mai sentito parlare di te e se avessi scelto un'altra scuola di musica probabilmente non ci saremmo neanche mai incontrati."

"Io … io … non so se crederti. Sono stata in coma, ho perso i miei ricordi e finalmente avevo smesso di avere l'ossessione di ritrovarli perché stavo vivendo un presente sereno, con un lavoro che amo ed un uomo con cui sto bene, un ottimo allievo e amico come te … e ora … ora … mi scoppia la testa … il battito accelera …"

E mentre cercava di riordinare i pensieri, Alina svenne.

Kevin e Luca provarono a stimolarne i sensi ma non riuscendo chiamarono il 999.

Seguirono l'ambulanza ed attesero notizie per ore, ciondolando nell'atrio avanti e indietro. Fu un'infermiera dall'aspetto gentile anche se visibilmente provato dalle poche di ore di sonno del turno notturno a dare loro conforto: Alina aveva avuto un calo prepotente di pressione, di quelli che si verificano a seguito di una forte emozione o di un attacco d'ansia. Ora aveva ripreso conoscenza, ma era necessario riposasse senza vedere nessuno fino al giorno successivo.

Kevin e Luca si abbracciarono per la contentezza di sapere Alina fuori pericolo, ringraziarono l'infermiera e si rimisero in auto, diretti ad un fast food lì vicino per un rapido pasto prima di rientrare a casa.

Dopo aver ordinato, Luca, che fino a quel momento aveva tenuto molte cose dentro a causa della sua riservatezza, iniziò a sfogarsi con Kevin, comprendendo che lui avesse più risposte di quante ne riuscisse a trovare lui per dare un senso a quanto accaduto.

"Kevin, tu mi credi? Io non ho mai saputo che il mio tatuaggio nascondesse un nome di donna, non conoscevo Alina né mai qualcuno mi ha parlato di lei."
"Il mio istinto mi dice di crederti. Credo però che non si possa tornare indietro e che a questo punto, per il bene di entrambi, dobbiate andare in fondo a questa storia."
"Ma come?"
"Facendo tu ciò che Alina si rifiuta di fare: mettere insieme i pezzi del puzzle della sua vita … della vostra vita. Qualcuno ti ha condotto qui perché tu trovassi lei, non un'insegnante di pianoforte qualsiasi … lei. Ed io non ho potuto fare a meno di notare che tra di voi si sia instaurata da subito una sintonia tipica dei … fratelli …"
"Fra …tel … li … cioè tu credi che Alina sia mia sorella?"
"Si, lo credo. Prova a seguire il mio ragionamento: voi avete dieci anni di differenza. Lei è stata abbandonata da una donna che l'ha avuta forse troppo giovane e che ha creduto che una figlia potesse ostacolarne la carriera. Tu sei arrivato dieci anni dopo, da un altro uomo, quando quella stessa donna era già un'attrice affermata e poteva permettersi di portare anche suo figlio sul set. Il tatuaggio potrebbe essere una forma di riscatto di tua madre, un modo per dire ad entrambi che dovrete esserci l'uno per l'altra senza far scontare l'uno all'altra la sua incapacità di essere stata genitore fino in fondo."

"Se anche tu avessi ragione, ci sarebbero dei buchi enormi in questa storia che nessuno potrebbe riempire. Mia madre è morta ed anche il padre di Alina non c'è più. In fondo è lui che l'ha portata a tatuarsi e se lo ha fatto avrà ricevuto istruzioni da mia madre … e questo significa che hanno continuano ad avere rapporti senza che nessuno di noi lo sapesse …"

"Luca, tuo padre? Non me hai mai parlato."

"Non ne parlo perché non sta bene da un bel po'. Alzheimer. Stadio avanzato. Dubito possa aiutarci. Non mi riconosce più, non sa chi sono."

Kevin si offrì di pagare il conto e lo accompagnò a casa. Si rese conto di non essere mai stato su da lui e con poca discrezione gli chiese di poter salire, convinto che vedere il suo appartamento gli avrebbe fatto venire qualche idea.

Salirono al terzo piano. L'appartamento di Luca era in stile industriale, pieno di spartiti, cd, vinili ed oggetti vintage che facevano da contrasto all'arredamento contemporaneo.

"Luca è fantastico qui! Mi piace!"

"Grazie, quando l'ho preso l'ho rifatto tutto a mio gusto. Vuoi qualcosa da bere? Whisky? Non sono un vero esperto ma un buon intenditore sì."

"Mi fido di te."

Mentre sorseggiavano un Bourbon, Kevin ebbe il coraggio di chiedere a Luca com'era stata la vita con sua madre e cosa le fosse accaduto.

"Mia madre è, era, la classica donna che non avrebbe mai dovuto mettere su famiglia. Recitare per lei era tutto e qualsiasi distrazione la innervosiva. Amava le luci della ribalta, le feste, farsi corteggiare, il lusso e purtroppo anche ciò che ci girava intorno ... alcool, droghe, promiscuità. Mio padre sopportava per amore. E mi gestiva con amore. Lei, quando stava bene, era una buona madre ma quando cadeva in depressione per un lavoro saltato, andato storto o si sbronzava, si dimenticava di me. Praticamente ho vissuto con mio padre, un po' come Alina."

"Sono stati gli eccessi ad ucciderla?"

"Hanno contribuito. Cancro ai polmoni fulminante, scoperto troppo tardi."

"Mi dispiace. Sia tu che Alina avete sofferto molto."

"Ormai sono cresciuto e so badare a me ... un momento ... ma dove ho messo ..."

Luca si alzò di scatto e si mise a cercare qualcosa con frenesia. Dopo aver rivoltato tutto l'appartamento, estrasse dal fondo di un armadio un baule.

"Kevin, questo baule me lo ha dato mia madre pochi giorni prima di lasciarci con la raccomandazione di aprirlo quando mi sarei sentito pronto. Potrebbe contenere qualche risposta!"

"Mhmm... è probabile ... è chiuso ... hai la chiave?"

"La chiave ... la chiave ... ho un ricordo lontano ma mi sembra che mia madre mi disse che la chiave l'avrebbe tenuta una donna che l'avrebbe conservata con cura e che l'avrei dovuta cercare attraverso il Notaio Smiths quando mi sarei sentito pronto ad aprirlo. Ho il suo biglietto."

"Credo che il momento sia arrivato. Se vuoi ti accompagno io domattina da lui."

"E Alina?"

"Andremo a prenderla dopo, con qualche certezza in più."

Il mattino seguente riuscirono a farsi ricevere alle nove. Il Notaio li fece accomodare e diede loro due notizie rivelatrici. La prima: la madre di Luca aveva affidato la chiave a sua figlia, Alina Parks. La seconda: aveva redatto un testamento, che si sarebbe potuto aprire solo alla presenza di entrambi i figli, Alina Parks, nata a Londra il 15/01/1992, e Luca McMouth, nato a Londra il 25/11/2002.

Nella testa e nel cuore di Luca giravano mille emozioni e sensazioni contrastanti: stupore, gioia, rabbia, tristezza, speranza … Come avrebbe reagito Alina? Il suo fisico era debole, qualsiasi shock avrebbe potuto sopraffarla. Ma doveva sapere. C'era in ballo il futuro, un futuro che avrebbe potuto essere migliore per entrambi.

Mentre si recavano al pronto soccorso a riprendere Alina, Kevin propose a Luca di restare da solo con lei. Luca annuì. E così Kevin, entrò per primo nella stanza di Alina, ormai sveglia e pronta a tornare a casa, e, adducendo la scusa del lavoro, dopo averla baciata, l'avvisò che non si sarebbe potuto trattenere e che l'avrebbe riportata Luca a casa; avrebbero passato il giorno insieme in modo che avrebbe avuto sostegno in caso di necessità.

Fu Luca ad iniziare la conversazione con Alina.

"Sono così felice di sapere che stai bene. Abbiamo avuto paura."

"Mi dispiace. Troverò il modo di non far accadere più
nulla del genere."

"Alina … mentre eri ricoverata sono accadute molte cose.
Abbiamo scoperto qualcosa. So che potresti non sentirti
pronta ma è questo il momento di agire. E questa volta non
sarai sola, ci sono io."

"Scommetto che Kevin ti ha tempestato di domande. Non
sa stare al suo posto. Deve sempre indagare … questa cosa
mi fa infuriare!"

"Alina, Kevin ha a cuore te e tutto ciò che fa è per la tua
felicità. E no, non mi ha sobissato di domande; piuttosto
mi ha aiutato a trovare delle briciole di verità e non saprò
mai come ringraziarlo abbastanza per questo."

Luca raccontò ad Alina ogni cosa. Nel frattempo, si erano
spostati in uno dei locali dove erano soliti riunirsi per un
tea per affrontare tutti i frammenti in una posizione
comoda ed in un'atmosfera rilassata, cullati dalla
passiflora e dalla melissa.

Alina scoppiò in lacrime, che avevano dentro di sé un
misto di terrore e liberazione.

"Sei … sei ... mio fratello. Questo mi fa felice. Avrei solo
voluto sapere anni fa della tua esistenza. Ed avrei voluto
passare del tempo con mia madre, anche se era
decisamente imperfetta."

"Alina, vieni qui. Abbracciami."

Si strinsero per diversi minuti. Poi Alina ebbe un sussulto.

"La chiave … io non ricordo … non la ricordo … Pensi
davvero che sia io la donna a cui si riferiva? Quando mi
sarebbe stata consegnata?"

"L'avrai in casa, anche se non ricordi dove. Vuoi che ti aiuti a cercarla?"

"Sì."

Misero a soqquadro tutto l'appartamento senza successo. Poi sprofondarono sul divano riflettendo su cosa fare. In fondo, il baule si sarebbe potuto aprire con una tenaglia. Il Notaio avrebbe capito.

Immersi negli ampi cuscini, chiusero anche gli occhi per riposare, ma in quel dormiveglia accadde qualcosa di inaspettato. Luca, per fare uno scherzo ad Alina e distrarla, le iniziò a fare il solletico mentre ancora sonnecchiava.

Alina, nel cercare di districarsi da Luca, batté leggermente la testa al pianoforte a coda al centro del soggiorno accanto al braccio destro del sofà e d'improvviso, mentre si passava una mano sulle tempie, le tornò in mente tutto quello che accadde quel maledetto venerdì.

Per la prima volta, davanti ai suoi occhi, presero vita le immagini che la riportavano al giorno in cui entrò in coma.

Era sera e si stava esercitando al pianoforte per un imminente concerto quando sentì improvvisamente suonare il campanello con insistenza. Alla porta c'era una donna che non aveva mai visto, barcollante, visibilmente sotto effetto dell'alcool. Ebbero una conversazione, apparentemente senza senso, dai toni accesi.

"Alina, figlia mia, ti ricordi di me? Sono passati tanti anni ma sono sempre tua madre."

"Mi scusi, ma lei chi è? E come conosce il mio nome? O mi dà delle risposte o chiamo subito la polizia."

"Alina, sono tua madre, te lo giuro. Ti ho abbandonata ma non ti ho dimenticata. Perdonami. Ti diedi una chiave prima di andare via, te la misi al collo. Ce l'hai ancora vedo. Me la dai?"

"Chiunque lei sia, se ne vada! Non avrà la mia chiave che è l'unico ricordo che ho di mia madre, che non credo affatto sia lei, signora."

"Dammela! Dammela!"

"È ubriaca, esca subito di qui!"

E nell'opporsi alla richiesta, Alina, nel tentativo di non farsi strappare la chiave dal collo, cadde all'indietro, battendo forte la testa sullo spigolo del suo pianoforte. La sconosciuta, di fronte alla perdita dei sensi della ragazza, in preda al panico, fuggì, ma non prima di aver fatto le uniche due cose che le avrebbero permesso di vivere senza un senso di colpa ancora più grande: chiamare l'ambulanza e lasciarle, nascondendola, la chiave che aveva portato ad un epilogo molto diverso da quello che si sarebbe aspettata.

Alina ricordava tutto ora e le lacrime le iniziarono a solcare il volto insieme a dei ritmati singhiozzi.

Luca la abbracciò più forte che poteva e pianse con lei. In quel momento rientrò Kevin e lei gli buttò le braccia al collo, continuando a piangere.

Luca, cercando di ricomporsi e trovare la forza per sostenere le nuove rivelazioni, fece un cenno a Kevin e lui capì: aveva ricordato.

Si mise a preparare un tea ai fiori di loto e fece adagiare entrambi sul divano. Coprì Alina, tremante, con il loro plaid preferito e le chiese, appena se la fosse sentita, lentamente, di condividere con lui i suoi ricordi ed istruirlo su cosa avrebbe potuto fare per lei. L'amava … e glielo disse. Avrebbe fatto qualunque cosa pur di vederla di nuovo sorridere e suonare.

Alina bevve il suo tea e gli raccontò ogni cosa. Il puzzle era quasi completo ma c'era ancora uno sforzo da fare: mancava la chiave, il baule andava aperto.

 E poi … Chi aveva permesso ed in che modo che Alina e Luca si incontrassero?

Il mattino seguente Alina si alzò di buonora e si mise a suonare. Luca si svegliò cullato da una melodia che conosceva fin troppo bene perché era anche il suo scacciapensieri e mise su la Moka da tre.

Kevin, con i capelli arruffati e la barba incolta, si andò a sedere accanto ad Alina.

E nell'ascoltarla, con gli occhi ancora socchiusi, ebbe un sussulto.

"Alina, smetti un attimo di suonare."

"Perché?"

"Non senti un rumore provenire dai tasti? È flebile, ma c'è."

"Non ci avevo fatto caso. Provo a fare una scala lentamente DO…RE…MI… Qui! È sul MI il rumore."

"Apriamo la cassa. Luca. dammi una mano."

Kevin iniziò ad osservare la meccanica interna con una torcia e proprio in corrispondenza del MI vide qualcosa … un filo di acciaio … no, non era un filo ma una catenina con un ciondolo … a forma di chiave.

"La chiave! L'abbiamo trovata finalmente!"

La restituì ad Alina, che strinse forte la collana tra le mani inspirando profondamente e rimandando indietro le lacrime; ne aveva già versate troppe.

"È tempo di chiamare il Notaio ed aprire il baule."

Il Notaio, comprendendo l'urgenza, li ricevette poche ore dopo con un caffè migliore di quello della loro Moka.

Invitò Alina e Luca a prendere posto davanti a lui e permise a Kevin di far loro compagnia seduto su una poltrona qualche centimetro più in là.

Luca prese il baule e lo appoggiò su un tavolo a fianco alla scrivania; Alina aggiunse la chiave e lasciò la parola al Notaio, attendendo istruzioni.

"Cari Luca ed Alina, vostra madre si è rivolta a me perché siamo cresciuti insieme. Siamo sempre stati amici, le volevo bene e sono davvero dispiaciuto per la sua perdita. Manca anche a me. Tempo fa, appena scoprì di essere malata, decise di fare testamento e mi consegnò una lettera, che vi avrei dato quando sarebbe stato il momento. Alina, avrebbe voluto che la leggessi tu."

"Non so se me la sento."

"Tua madre, a modo suo, ti ha voluto bene. È giusto che la legga tu."

"Ci provo…"

"Cari Alina e Luca,

se state leggendo questa lettera significa che io sarò già divenuta un angelo (a meno che non esistano davvero i gironi dell'inferno) ma anche che voi siete insieme, quello che ho sempre desiderato. Ho commesso molti sbagli, abbagliata dal cinema e dai suoi vizi e non ho saputo fare la madre, soprattutto con te Alina. Ero troppo giovane, volevo avere successo ed una figlia me lo avrebbe impedito. Ti chiedo scusa. Spero avrai la forza di perdonarmi.

Avete avuto entrambi dei padri splendidi, che mi hanno informata di ogni vostro progresso. Vi ho seguiti da lontano. Per questo so dove abitavi tu Alina, quel maledetto giorno in cui avevo perso la ragione. Ero in bancarotta. Ero malata. Ti chiedo scusa anche di questo, di quell'irruzione che ti ha provocato tanto dolore. Se fossi riuscita a smettere di bere non sarebbe mai successo. Ma l'alcool mi ha sempre dato un gran conforto ed io sono una persona debole. Lo sono sempre stata. Non come voi, che siete rocce, per fortuna.

Nei momenti di sobrietà, in cui avevo raziocinio, mi sono fatta guidare da Francesco, il Notaio che ora è di fronte a voi, per preservare qualcosa che vi avrebbe permesso di ricordarmi se non come madre almeno come benefattrice.

Aprite il baule. È tutto lì. Guardate al suo interno. E vi sarà tutto chiaro.

Con amore,
Mamma"

Ad Alina tremava la voce. Luca le teneva la mano ma tremava anche lui. Il Notaio prese la chiave e la girò nella serratura del baule. Clic.

Poi invitò fratello e sorella ad avvicinarsi e ad estrarre lentamente tutto il contenuto.

Sullo strato superiore c'erano degli abiti e degli accessori di scena. Bellissimi ma … cosa avrebbero dovuto farci? Come avrebbero cambiato la loro vita?

Sotto l'ultima gonna c'era però qualcos'altro … Dollari? Tanti dollari, divisi con delle fascette in mazzetti da mille. Uno … due … Venti …Cento. Centomila dollari. E sotto le mazzette, sul fondo del baule, un certificato di proprietà … della scuola di musica Parmouth in cui Alina insegnava e di cui Luca era studente.

"Notaio cosa significa tutto questo?"

"Vi leggo il testamento."

"Io, Maria Sole Doni, conosciuta come Eva Kinley, nel pieno possesso delle mie facoltà, in data 20/02/2019, dispongo che alla mia morte tutti i miei beni ed i miei risparmi siano dati ai miei figli, Alina Parks e Luca McMouth.

Cedo ad entrambi la proprietà della scuola di musica ParMouth, che porta in sé i loro cognomi. Dispongo inoltre che i centomila dollari risparmiati e conservati nel baule in possesso di Luca siano divisi tra lui e sua sorella, che possiede l'unica chiave in grado di aprirlo.

Chiedo che sia data ad Alina e Luca facoltà di decidere insieme cosa farne dei miei costumi di scena, che hanno un valore di circa cinquantamila dollari e sono già stati richiesti più volte da Sotheby's per essere battuti ad un'asta benefica.
Infine, chiedo di destinare eventuali ulteriori risparmi presenti sui miei conti correnti esteri al mio decesso all'eventuale estinzione di debiti pendenti sulle abitazioni dei miei figli.
In fede,
Maria Sole Doni"

Non appena conclusa la lettura, il Notaio chiese ai due fratelli accettazione formale del testamento. Nessuno dei due, soprattutto Alina, avrebbe mai creduto possibile che una madre che l'aveva allattata solo per pochi mesi per poi scegliere una vita senza di lei avrebbe pianificato tutto questo per il suo futuro. Non si aspettava né ricompense né tantomeno un fratello. Né che un giorno avrebbe ripensato a sua madre con aggettivi positivi. Era una persona fragile che la fragilità aveva portato a fare scelte sbagliate ma non aveva mai voluto essere cattiva o generare sofferenza. Voleva solo essere sé stessa, nel bene o nel male.
Kevin, che fino ad allora era rimasto in disparte, notando quanto Alina e Luca fossero troppo frastornati per poter essere razionali fino in fondo, fece al Notaio la domanda che avrebbe chiuso il puzzle.

"Notaio, ma come hanno fatto Alina e Luca ad incontrarsi? La loro madre come poteva essere certa che si sarebbero conosciuti e non in un luogo qualunque ma proprio in quella scuola di musica che un giorno sarebbe stata loro?"

"Non ho tutte le risposte. Maria Sole non poteva essere sicura al 100% che si sarebbero mai incontrati. Nella sua stravaganza, so che si era fatta leggere le carte da una veggente molto accreditata nel mondo del cinema e che le aveva chiesto di intercedere con un rito sul loro futuro. Non è mia facoltà giudicare, vi riporto i fatti. So anche che aveva dato i nomi di Alina e Luca alla scuola di musica perché trovassero posto lì."

Alina e Luca si sentivano stanchi e storditi da tutto questo flusso di informazioni e chiesero al Notaio di poterlo eventualmente contattare nei giorni successivi nel caso in cui avessero ulteriori domande.

Kevin propose loro di scaldarsi con una tazza di tea ai frutti di bosco nella vicina Alice's teatime, giudicata la miglior sala da tea per chi ha il cuore confuso.

Dopo aver ordinato tre tazze fumanti, Alina prese la parola:

"È davvero surreale quanto è successo. Ma sono finalmente libera: so chi sono, so cosa mi è accaduto, so chi era mia madre … e ho un meraviglioso fratello. Un uomo che mi ama …basta con il passato. Voglio guardare solo al futuro."

Kevin annuì, le strinse forte la mano e replicò con una punta di ironia: "Ed io sarò accanto a te … se accetterai anche il mio difetto di fare troppe domande in giro quando c'è un caso di risolvere. Temo di non poterne fare a meno, è la mia natura."

Luca sorrideva, in silenzio. Aveva qualcosa per la testa. Fece un sospiro lunghissimo prima di prendere parola.

"Anch'io voglio mettere il passato ed il dolore alle spalle e vivere da oggi in poi con uno spirito nuovo, migliore, positivo. E vale lo stesso per me … ho una sorella meravigliosa. Ma … manca ancora qualcosa. C'è una cosa, Alina, che dobbiamo fare, insieme."

"Che cosa?"

"Andare a rendere l'ultimo saluto a nostra madre e dirle che i suoi desideri si sono avverati."

"Oh … io … io … non so se ne ho la forza … non so neanche dove sia sepolta."

"Io lo so, ma non ci sono mai andato, per rabbia. E me ne pento."

"Hai ragione, dobbiamo farlo."

Quella sera, usciti dalla loro consueta sala da tea, si diressero ognuno nella propria casa e si ripromisero di fare tutti una lunga dormita per affrontare con la giusta energia la visita alla tomba della loro madre il giorno successivo. Kevin non lasciò mai la mano di Alina per tutta la strada e per tutta la notte.

Il mattino seguente era una giornata piovosa, tirava un vento freddo ma non si scoraggiarono. Acquistarono un bellissimo mazzo di rose.

Kevin rimase indietro di qualche passo per permettere loro di avere il giusto spazio per l'ultimo saluto.

E proprio lì, nel luogo in cui l'attrice Eva Kinley era sepolta, circondata da fiori e lettere di ammiratori, videro la pioggia lasciare posto ad un caldissimo sole, segno che il futuro si stava affacciando. Il futuro era ORA

EPILOGO

Si dice che ognuno di noi sia artefice del proprio destino. A volte, però, si ha bisogno di una mano perché si possa continuare a percorrere quella strada su cui mentre camminavamo, siamo inciampati. E quando a tenderci la mano è qualcuno che ci ama, che ci rispetta, che vuole la nostra felicità, è nostra responsabilità accettarla. Kevin è quella mano che ha permesso ad Alina di vivere il presente con la speranza nel futuro e di ricostruire il passato cogliendo i segni del presente.

E Luca è quel soffio di vento di primavera che ha alleggerito il suo bagaglio perché le ha permesso di dividerlo a metà.

Non era stata un'infermiera a chiedere ad Alina di recarsi in aeroporto per trovare le risposte. È stata Alina a mettere a nudo sé stessa nei due mesi di inconscio in un letto di ospedale. Desiderava ricominciare a vivere e lo avrebbe fatto da un aeroporto, in cui un giorno, come aveva predetto nei suoi sogni, avrebbe l'incontrato l'uomo che l'avrebbe salvata, con il suo amore.

Cercate anche voi il vostro acchiappasogni, vi porterà fortuna.

STELLA ALLO SPECCHIO

ALESSANDRA FAEDDA

A chi ama, per ricordare sempre che nessun amore è possibile, senza quello verso sé stessi.

PROLOGO

Era un martedì di febbraio.

Luci basse, volume alto, tavoli occupati; nella mano sinistra un bicchiere, nella destra la giacca.

Ho sempre odiato non avere un posto a sedere quando fuori fa troppo freddo perché basti del buon vino per sentirsi a proprio agio anche in piedi.

Era un martedì come tanti. Facce note, tante risa, nessun secondo fine.

Qualche botta alla spalla devo averla presa: in troppi, in troppo poco spazio.

Allora non sapevo cosa sarebbe accaduto dopo né potevo immaginarlo: era la prima volta – forse la seconda – in cui uscivo senza guardarmi intorno. Era la prima volta – forse la seconda - che non desideravo imbattermi in batticuore alcuno.

CAPITOLO 1
ANDREA E STELLA: L'INCONTRO

Lo notai lì, tra la folla. Non saprei dire se mi abbia colpita prima il buffo cappello che portava o il taglio dei suoi occhi. Mi parve di averlo già visto altrove ma feci finta di niente; mi voltai senza neanche interessarmi a chi lo accompagnasse. Ed ancora oggi … non lo so. Forse, non ho mai voluto saperlo. Ho un brutto difetto: la gelosia prematura.

Non so perché ogni volta che sento attrazione fisica per un ragazzo mi faccio sopraffare dalla paura che il suo presente o il suo passato vestano volti di donne mai dimenticati.

Lo notai mentre scendeva le scale. Andatura elegante, altezza al di sopra della media. Capelli disordinati sotto al cappello, accennò un sorriso verso il palco. Mento proteso verso l'esterno, in gesto di saluto.

Non appena mi voltai, nonostante la confusione, sentii i suoi passi sempre più vicini. Il tempo di farsi strada: era al mio fianco. Ero così scioccamente imbarazzata da riuscire soltanto a blaterare nella mia testa: "Avrei dovuto mettere i tacchi alti, ho le gambe corte … se avessi messo lo smalto alle unghie noterebbe almeno le mie mani". Mentre ero assorta in uno sciocco viavai di problemi adolescenziali, il mio cellulare iniziò a squillare. In preda all'ansia posai il bicchiere su un tavolo altrui, senza chiedere permesso.

Chiamata persa. Numero sconosciuto.

Lui ride. Temevo la sua risata. Quando un uomo ride sembra sempre che stia pensando che tu sei la classica ragazzina persa senza il suo IPhone cerca - amiche ed incapace di stare al volante.

Di una macchina, del proprio equilibrio, della vita.

Lui ride. Io sbuffo. In attesa che squilli di nuovo.

Si girò verso di me, guardandomi con insistenza. L'IPhone, come da manuale, squillò di nuovo.

"Pronto?"

"Stella, mi senti? Sono in partenza per Chicago."

"Chicago? Quando? Con chi? Serve qualcosa…ti passo a prendere?"

"No, Stella, ho chiamato un taxi, sta arrivando. Raggiungo Mark, vado con lui. Domani ti spiego. Mi faccio viva io".

E riattaccò.

In quel momento, per un attimo infinito, dimenticai dove mi trovavo e l'affascinante sconosciuto in piedi accanto a me.

Rimasi a fissare per qualche secondo il display ormai scuro del mio cellulare, nella speranza di un bip. Sapevo non sarebbe accaduto.

Lo rimisi in borsa, ripresi il bicchiere. Lo poggiai sul bancone, vuoto.

"Vuoi berne un altro?" - mi domandò. Furono queste le sue prime parole.

"Approccio romantico!" - pensai - "mi ha presa per un'ubriacona!"

"No, grazie." Fu tutto quello che riuscii a dire.

Ordinò lo stesso. Un rosso per me, un cocktail per lui. Lo ringraziai.

Brindammo "a questa strana sera, a Chicago, al destino".

Non so quanto tempo sia trascorso tra il brindisi e l'attimo in cui annunciarono al microfono l'ultima canzone, dedicata a me.

"Devi essere una persona speciale se, in mezzo a tanta gente, dedicano una canzone proprio a te!" – disse curioso e divertito.

"Mi sono laureata da poco." - risposi.

Mi fece le congratulazioni e cercò di affabularmi convincendomi della mia unicità.

Alla fine concordammo sulla bellezza del mio viso, sulle giuste proporzioni del mio seno, sulla mia simpatia. Già allora avrei dovuto capire che non avrebbe funzionato se riteneva che tutto ciò che avessi di buono fosse un bel corpo setificato modello "crema ad alta idratazione"; ma il suo solo essermi accanto senza sfiorarmi, le sue mani, la sua voce, il modo in cui teneva il bicchiere, mi attrassero più della realtà.

E così, mi intestardii.

Ultimo vibrato, un lungo applauso, l'uscita. I ragazzi scesero dal palco e ci salutarono con lo stesso calore. Fu allora che capii. Io e il bel tenebroso non apparteniamo a due strade realmente parallele; semplicemente… non ci eravamo mai incontrati.

Andrea, questo il suo nome, iniziò a fingere di conoscermi da sempre e ad inventare storie su cose fatte insieme. Io taccio, il gioco mi diverte. Tutti lo ascoltavano increduli, nessuno si spiegava perché prima di allora io non abbia mai parlato di lui, e lui di me.

Raccontò di avermi conosciuta in prima elementare, con i capelli corti, il viso buffo e l'aria da saccente e di avermi persa di vista dopo essere stato bocciato in seconda media per una rissa da quattro soldi. Proseguì ammettendo di aver sempre immaginato che sarei diventata un bel "bocconcino" e di aver sempre sperato che prima o poi saremmo finiti insieme.

Ero convinta che alla fine della storia avrebbe detto ai ragazzi che stava scherzando ma ... non lo fece. Fu in quel momento che mi sentii stordita di fronte a lui. Mi sentivo come la pupa del gangster, completamente sottomessa al suo volere. Mi prese per mano, salutammo il gruppo e uscimmo dal locale.

"Sono venuta in macchina" – mi affrettai a dire per troncare lì quella nuvola di pensieri che annebbiava il mio raziocinio.

"E allora? Ti scorto." – subito replicò.

"Ah, grazie. Che galante!" – riuscii solo a blaterale.

"Non lo faccio per niente...". Sapevo esattamente cosa stesse insinuando ma ancora una volta mi feci trasportare dal suo ego.

E salimmo in macchina, io sul mio Pandino bianco di seconda mano e lui sul suo … Suv?! Un Q5 grigio antracite tirato a lucido e più optional che in un resort 5 stelle. Ingrano la prima, poi la seconda, poi la terza, un po'inebetita dalla situazione. Quando lei ha un Pandino e lui un Q5 il primo stupido pensiero di una qualunque ragazza single che sia cresciuta a Smemoranda e Bridget Jones è "Che vergogna, non mi posso far vedere in giro con questo scassone. Non arriveremo mai al primo appuntamento!".

Quando lui ha un Q5 e lei un Pandino usato, o sei bella da far girar la testa o hai un carisma così prepotente da attrarlo a te. Se con te ride come non ha riso con nessuna, è fatta; questo farà la differenza. Quando lui ha un Q5 e ti rimorchia in un locale, probabilmente, gliel'ha comprata il papà. Probabilmente, stai per finire nei guai.

Arrivammo sotto casa mia in un baleno. Durante il tragitto, per prendere in giro la mia andatura da tartaruga, suonava il clacson e fermi al semaforo dava gas, per farmi spaventare. Mi accompagnò a trovare parcheggio, accostò la sua sportiva al marciapiede, scese dall'auto e mi si avvicinò.

"Lo so cosa stai pensando, i tuoi occhi non possono mentire" – mi sussurrò.

"Cosa?" – risposi.

"Ti stai chiedendo se la macchina sia mia o sono il classico figlio di papà, se tra poco ti bacerò e se domani userò il tuo numero di telefono." Touché.

"Non è vero! Non pensavo a niente." – borbottai.

In silenzio, iniziò a fissarmi, dritto negli occhi, fino a costringermi a dargli ragione.

"E va bene, hai vinto tu" – dissi ridendo nervosamente.

"Bene, ti dirò una mezza verità".

"Mezza?"

"Beh non posso condividere i miei segreti più profondi con una sconosciuta."

Mi raccontò di averla comprata a Monaco a Km zero, ad un prezzo da battaglia. Non mi spiegò il motivo per cui si trovasse lì quando decise di acquistarla ma mi fu chiaro che il padre fosse un magnate dell'alta finanza a cui qualcuno doveva un favore. Mi svelò di lavorare per la AJ&G, nota società di revisione conti, e di aver preso lezioni di violino, di possedere una piccola imbarcazione e la sua passione per i fondali, il tennis, il minigolf, gli aperitivi fronte mare. Al termine della sua veloce autobiografia… silenzio.

"E il bacio?" – dissi all'improvviso, quasi come non fossi io a parlare. "Me lo darai il bacio questa sera?".

"Si."

Mi prese il viso tra le mani e, sorridendo, mi baciò. Un dolce, lungo bacio … sulla fronte. Salì in macchina e, sgommando, si allontanò.

Stordita, salii le scale a piedi dopo aver chiamato l'ascensore e tutta vestita mi sdraiai.

Fissando il soffitto invaso di stelle adesive gialle fosforescenti, noncurante di non sapere se mai l'avrei rivisto, lentamente, m'addormentai.

CAPITOLO 2
ANDREA E STELLA: LA CONOSCENZA

Il mattino seguente mi svegliai di soprassalto: Quello che era accaduto la sera precedente era reale o l'avevo sognato? Non feci in tempo a scendere dal letto con gli occhi completamente aperti che il citofono iniziò a trillare. Il portiere mi annunciò la consegna di un pacco.

"Un pacco? Per me?! I soliti premi presi con i punti del latte accumulati dai vicini" – pensai.

Un po' scocciata per essermi dovuta vestire in tutta furia presi il mio regalo e tornai su.

Non feci in tempo a togliere il nastro che il citofono trillò di nuovo. Il portiere mi annunciò questa volta la consegna di un mazzo di fiori. Iniziai a pensare fosse uno scherzo. Scesi, presi il mazzo (bellissimo) e tornai su.

Non riuscivo a credere ai miei occhi. Alle 9.05 ero seduta in soggiorno di fronte ad un fascio di rose bianche e blu e ad una scatola di tela dipinta ad olio con i colori del mattino. All'interno un cornetto al miele, un cappuccino modello Starbucks, delle caramelle e …un numero di telefono…di chi sarà? Mi precipito a telefonare. Vorrei tanto poter chiamare Marta, sperduta a Chicago a rincorrere l'amore.

"AJ&G, buongiorno. Ufficio del Dott. Galanti. Come posso aiutarla?"

"A…Andrea, sei tu?"

"Buon sabato, Stella. Hai fatto colazione?"

"Non ancora. È tutto qui intatto davanti a me. È opera tua?"

"Ho amici nel campo delle spedizioni, sono stati veloci nelle consegne."

"Hai amici dappertutto tu, eh?"

"Si, direi di sì."

"Passo a trovarti più tardi, all'ora del caffè? Ti ricambio il favore!"

"Non mi troveresti. Non mi fermo qui."

"Ah…ok. Beh, allora …grazie."

"Devo andare Stella, goditi la tua colazione."

E riattaccò.

Per tutto il giorno non feci caso al fatto che non mi aveva più chiamata né al fatto che non si fosse fatto vivo per il resto del weekend. Provai a contattarlo alle sei di domenica pomeriggio. Cellulare spento.

Mi cercò il lunedì sera, dopo cena. Mi chiese di vestirmi a festa.

"Passo tra mezz'ora".

E riagganciò.

Mi portò ad un compleanno bordo piscina, presentandomi a tutti come la sua ultima conquista. A cocktail e patatine, finimmo per sentirci male. Abbiamo cantato, bevuto, parlato. Nessun bacio, soltanto risa.

Non avendo più la forza di stare in piedi, mi portò a casa in braccio, mi mise nel letto e se ne andò.

Il giorno dopo, ancora ebbra, lo chiamai. Nessuna risposta. Gli inviai allora un messaggio breve, desiderosa di fargli una sorpresa. Rimasi due ore in piedi sotto la pioggia di fronte all'ingresso del suo ufficio con un pasto giapponese take away sotto l'ombrello. Non aveva letto il mio messaggio, né si era preoccupato di avvisarmi che non lo avrei trovato lì.

Per farsi perdonare mi portò a teatro a vedere "Sogno di una notte di mezza estate".

Fu allora che scoprii di avere accanto un critico teatrale in erba, futuro fondatore di una piccola rivista per provetti drammaturghi...e un grande amante.

Divorati di passione, mi ruppe il vestito in più parti promettendomene uno nuovo non appena ne avesse avuto l'occasione. Facemmo l'amore in auto, dentro il portone, a casa sua.

Quel bacio che fino ad allora non mi aveva dato era arrivato con tutta l'irruenza del suo padrone, insieme a tutto il resto.

Non feci in tempo a guardarmi intorno, non accese nessuna luce e poco dopo l'alba mi caricò in auto fino a casa mia.

Andammo avanti così, per circa quattro mesi. Io non chiamavo quasi mai, per via del suo lavoro – così mi aveva chiesto. Messaggi pochi, mai nel fine settimana.

"Non sei la donna del weekend" – mi rincuorava accarezzandomi i capelli. Lui sempre in giro e io sempre in casa ad aspettare. Non ebbi su lui nemmeno un dubbio: era dolce, premuroso, mi riempiva di regali. Quando eravamo insieme non si faceva distrarre da nulla e da nessuno. Lo seguivo ad ogni evento, disegnavo per lui fumetti da rivista; andammo insieme a fare yoga alle porte della città. Non era un rapporto convenzionale né abitudinario ma non me ne curavo.

Ero felice, sorridevo alla vita: e questo mi bastava.

CAPITOLO 3
ANDREA E STELLA: L'ABBANDONO

"Mancano dieci giorni al suo compleanno, devo assolutamente intervenire!" - pensai mentre navigavo alla ricerca di un lavoro. Il suo compleanno sarebbe stato di venerdì. Non sapendo se avesse già previsto di tenersi libero (fantasticavo sarebbe stata l'occasione perfetta per il nostro primo weekend insieme), tentai il tutto per tutto. Chiamai la segreteria di direzione e mi annunciai:

"Buongiorno, sono Stella Maltagliati, la fidanzata del Dott. Galanti, potrei parlargli?"

"Christine, sono Serena. Non c'è bisogno che oggi tu dia un nome diverso per parlare con lui, il direttore non è in sede."

"Non sono Christine, sono Stella! Chi è Christine?"

E velocemente riagganciò.

Dovevo assolutamente inventare qualcosa, dovevo sapere. Mi ci volle poco a capire che la mancanza di abitudinarietà nel mio rapporto con Andrea non poteva che nascondere una vita parallela. Forse l'ho sempre saputo ma ho sempre anche pensato che fosse così scontato e prevedibile, cosa che lui non era, da convincere me stessa che fosse solo ambizioso di potere e per questo mi tenesse a debita distanza.

"Fino a che punto?" - era quello che volevo sapere.

Sperando di battere sul tempo qualunque altra concorrente, passai in agenzia viaggi e prenotai un biglietto per due, destinazione Venezia a nome della mia finta metà, per la sera precedente il suo compleanno. Lo chiusi in una busta, con una nota, e glielo inviai in ufficio, per posta prioritaria. Partenza giovedì sera, rientro lunedì mattina.

A velocità oltre la media, corsi a casa, accesi il pc, modificai il mio curriculum vitae passandomi per una laureata in Economia aziendale; mi misi il tailleur nero, scarpe con tacco alto, calza color carne, capelli raccolti e mi presentai alla AJ&G.

Non mi fu difficile raggiungere il suo ufficio; nelle nostre numerose chiacchierate mi aveva detto di aver aperto le selezioni per un/una stagista e avevo imparato che il nome del padre apriva ogni portone. Nei cinque minuti in cui attesi l'arrivo del capo del personale per un colloquio fuori appuntamento fui abbastanza scaltra da riuscire a carpire l'informazione per cui mi trovavo lì: nell'agenda degli appuntamenti era segnato che sarebbe stato in ferie già da mercoledì. "Bene, non avrà come scusa il lavoro per lasciarmi sola anche questo fine settimana" – pensai, già avendo in testa ogni pezzo del mio piano.

L'incontro con il capo del personale fu più fruttuoso di quanto non avrei sperato. Essendomi presentata per il posto da collaboratore sottopagato di Andrea, appresi i dettagli del suo lavoro e i suoi futuri appuntamenti. Segnai tutto sull'agenda e, ringraziando, me ne andai.

Andrea mi chiamò la sera stessa.

Poiché la nota all'interno della busta con il biglietto recitava "Non dire nulla. Ti aspetto giovedì al binario 3." e non recava alcuna firma il "mio" lui, come io speravo, si fece prendere dallo scrupolo che potessi non essere stata io a fargli quel regalo e si limitò a chiedermi, con aria indagatrice:

"Cosa fai giovedì sera?"

"Vado dai miei, alla casa al mare, anniversario di matrimonio."

"Venerdì è il mio compleanno, mi sarebbe piaciuto passarlo insieme ma dovremo rimandare. Sarò a Milano per un convegno fino a domenica."

"Non preoccuparti, ti avrei chiesto io di festeggiarlo mercoledì".

Il mio piano iniziava a funzionare. Mi aveva mentito. Essendosi fidato della mia risposta e della mia serenità si era convinto che Venezia non fosse da parte mia. C'era un'altra, Christine, ed essendo uno a cui piace giocare, non avrebbe chiesto alla sua Christine conferma che l'organizzatrice del weekend fosse lei. Si sarebbe presentato al binario e basta.

E lì, avrei confuso le carte.

Il mercoledì successivo, per portare a termine la partita, sarebbe stato necessario che uscissi realmente con Andrea, per sviare definitivamente i sospetti su di me. Soffrii al pensiero che quella probabilmente sarebbe stata l'ultima volta insieme e che nel giro di sole 48 ore sarebbe venuta allo scoperto la verità.

Fu comunque una serata meravigliosa e per un attimo mi sfiorò il dubbio sulla serietà dei suoi sentimenti per me.

"E se avessi corso troppo con la fantasia? E se Christine non esistesse?" – iniziai a farneticare. Volevo convincere me stessa del contrario della realtà a cui stavo andando incontro ma sapevo che avrei perso: "Non sei la donna del weekend", "Ti chiamo io", "Non creiamo abitudini nel nostro rapporto, sono noiose…"

Tutte false verità per farmi credere di essere speciale.

A mezzogiorno del venerdì, avvolta in uno sciarpone di lana scura, occhiali a lente grigia e cappello ben calzato, andai in stazione. Lo vidi arrivare, bello come non mai. Nella mano destra il biglietto per Venezia, nella sinistra il cellulare. Un borsone sportivo in spalla e tanta, troppa virilità. Si guardava intorno, in fremente attesa. Non vedendo arrivare la sua Christine, compose il numero e le chiese dove fosse finita. Lei s'infuria, non sa di cosa stia parlando. Il piano ha funzionato.

Madido di rabbia, sbatte il borsone in terra, si dirige verso il bar e ordina un caffè ristretto. Mi avvicino al banco del bar, chiedo anch'io un caffè, macchiato, con la panna. Riconosce la mia voce, mi guarda, non sa cosa dire ma i suoi occhi parlano come mai. Poi inizia ad urlarmi contro. Mi chiede perché l'ho fatto, soffriremo in tre. Avrebbero dovuto sposarsi a breve, matrimonio di convenienza, poco amore sì, ma tanto affetto e anni trascorsi insieme.

Gli rispondo che Christine tornerà, che sarò io ad andare via, che non soffrirò più del necessario e che lui presto dimenticherà. Vigliacco come solo un uomo sa essere mi dà ragione, strappa il biglietto, riprende il borsone e se ne va. Finalmente nessuna scusa per non stare insieme… È finita così, in una nuvola di fumo.

CAPITOLO 4
STELLA ALLO SPECCHIO

È passato poco più di un mese dalla fine della mia storia a senso unico con Andrea. Mi faccio una doccia e mi guardo nello specchio. Ho la pelle distesa ma lo sguardo spento. Il passato mi ha segnata, non mi fido più dei miei giudizi. Marta è ancora a Chicago e non ha intenzione di tornare. È tempo di decidere cosa fare. Restare qui a rimuginare su un mezzo uomo ancora acerbo o ingranare subito almeno la seconda? Mi avvicino allo specchio e faccio le smorfie. Sono più bella quando sorrido. Mi vesto, mi trucco, prendo qualche cambio e vado via, diretta all'aeroporto. Dieci minuti in fila per un biglietto elettronico dell'ultim'ora e sono di fronte al Gate 46, con scalo a Francoforte.
Non ho progetti né reali desideri ma con la valigia in mano mi sento più leggera. Mi ricongiungo a Marta e poi si vedrà.

EPILOGO

L'abito fa il monaco, Andrea era quello che sembrava e l'amore fa sempre lo stesso giro: la donna ne ha bisogno e quando decide di non poterlo rimandare lo insegue fino a farsi male. Sceglie la preda di facili costumi per ingannare il tempo sapendo già che non sarà per sempre eppure tenta di convincersi che il suo impatto sull'altro sesso sarà così violento da piegarlo al suo volere.

Ma non funziona così.

L'amore arriva quando meno te lo aspetti. Arriva quando sei già in equilibrio con te stessa o sei sulla strada giusta per trovarlo, arriva quando non lo cerchi o pensi non ce ne sia bisogno. Arriva ad una festa, al chiaro di luna, in fila all'autogrill o mentre scegli un libro alla Feltrinelli sotto casa. L'amore è rispetto, ascolto e docile armonia. Vuol dire "Chiama quando vuoi, quando ti manco, quando hai bisogno di me".

Senza regole, strategie o lodevoli falsità.

Mi guardo nello specchio: ho un discreto sex appeal, un cervello e tanta volontà. Sorrido e come Narciso, imparo intanto ad amare me.

INDICE

Bologna 02 febbraio 2022

edito Una vita di stelle library

Group A.V. ITALIA S.R.L.

unavitadistelle@gmail.com

www.unavitadistelle.com

Bologna

9 791280 619624